D1431260

GRACI

ÉDITIONS PIERRE TISSEYRE

Orchidées et noix de coco

Une aventure d'Edgar Allan, détective

LES AVENTURES D'EDGAR ALLAN, DÉTECTIVE

Ouvrages parus dans cette collection :

YVES E. ARNAU

Orchidées et noix de coco

Une aventure d'Edgar Allan, détective

roman

ÉDITIONS PIERRE TISSEYRE
8925, boulevard Saint-Laurent — Montréal, H2N 1M5

Données de catalogage avant publication (Canada)

ARNAU, Yves E.

Orchidées et noix de coco

(Une aventure d'Edgar Allan, détective ; 4)
Pour les jeunes de 10 à 12 ans.

ISBN 2-89051-424-2

I. Titre. II. Collection: Arnau, Yves E. Une aventure
d'Edgar Allan, détective ; 4).

PS8551.R76072 1991 jC843' .54 C91-096191-3
PS9551.R76072 1991
PZ23.R76Or 1991

Dépôt légal : 2ᵉ trimestre 1991
Bibliothèque nationale du Canada
Bibliothèque nationale du Québec

Illustration de la couverture
et illustrations intérieures :
Caroline Merola
Révision : Marie-Hélène Gauthier

1234567890 IML 987654321
10621

À Aline
et à Chantal.

1

Chassez l'eau naturelle, elle revient au goulot

La Mélinda file douze nœuds dans les eaux bleu cristallin des mers du Sud. C'est ce que le commandant Horne appelle sa vitesse de croisière.

De fait, la Mélinda est un navire de plaisance d'une quarantaine de mètres, à vue d'œil, muni de quatre moteurs, à vue de plans, et battant pavillon canadien, me semble-t-il, à vue basse. Il fend l'onde azurée. Un énorme hublot de proue, de part et d'autre de son nez allongé, lui donne l'allure d'un gigantesque espadon qui regarde défiler sous son ventre le plus merveilleux étalage de coraux multicolores et de végétation marine.

Puisque nous venons de nous immerger, restons sous l'eau quelques secondes et sachons nous émerveiller des beautés incomparables de cet univers aquatique. N'est-ce pas magnifique? Toute cette vie!... Ces petits poissons frétillants aux couleurs vives et joyeuses*! Ces plantes qui ondulent et se trémoussent sur les mousses! Oui, je sais: il faudrait penser à respirer. Remontons donc lentement vers la surface et profitons de l'occasion pour observer la panse de la Mélinda qui passe au-dessus nonchalamment. Cette petite masse noire que vous voyez collée à la coque, près de la quille, sous le groupe électrogène du bateau, n'a pas sa raison d'être!

---

* Moi qui vous parle, j'ai même rencontré des poissons heureux dans l'eau!

C'est une bombe! L'évidence «saute» à l'esprit. Ils sont dans de beaux draps, les vacanciers!

○

Le yacht compte à son bord deux cent vingt-cinq plaisanciers invités, plus quarante membres d'équipage, se dénombrant de la façon suivante: six mécaniciens, dix-neuf hommes et femmes formant le personnel domestique, sous les ordres de dix stewards stylés, un médecin de bord, au grade de lieutenant, un sous-lieutenant, au grade de sous-lieutenant, un aumônier, au grade de m'sieur le curé, un sous-officier, second du commandant, et enfin, un commandant de bord, en la personne du capitaine Horne*.

---

* Notons ce caprice de la hiérarchie navale: le commandant d'un navire est aussi capitaine.

Les mécaniciens, moqueurs, l'ont surnommé: «High Grade». Quant aux stewards, eux l'appellent: «Cap Horne». Il n'empêche que l'homme a bel et bien la responsabilité entière, après Dieu, de deux cent soixante-cinq âmes qui vivent, rient, s'amusent à bord de son bâtiment flottant.

Ces gens, visiblement, sont heureux, si l'on juge l'animation et l'air de fête qui règnent dans la salle à manger de la Mélinda. Doudou, la chanteuse pulpeuse, fredonne et se dandine au dîner, jusqu'à minuit tous les soirs. Elle fait un tour de chant rétro et obtient un succès fracassant auprès des mécaniciens. Il faut dire que cette ex-starlette de cinéma a plus de gorge que de voix! Dans la cale, les murs de la chambre des machines sont placardés de grandes affiches de la blonde Doudou.

Tandis que le quatuor de musiciens joue une vieille chose de Bing Crosby, Doudou déambule entre les tables en susurrant:

«Je suis celui que tu attends
Je suis le père de ton enfant*...»

C'est alors que le commandant Horne fait son entrée quotidienne dans le grand salon. L'homme est élégant dans son uniforme blanc aux boutons dorés. La casquette sous le bras, le sourire éclatant, Horne a le visage large et l'air buriné... heu! pardon! le visage buriné par l'air du large. Il se déplace de table en table, échange quelques mots, quelques poignées de main et des sourires: c'est l'heure des mondanités sur la Mélinda. Horne est rompu à ce genre de relations publiques; il se livre à ce petit manège depuis dix-huit ans déjà! Voilà pourquoi toutes ces tenues de soirée pailletées et scintillantes, ces bouchons de champagne qui sautent, ces compliments tout fabriqués qui fusent ne peuvent plus l'émouvoir vraiment: il en a trop l'habitude.

---

* De tels mots dans la bouche de Doudou sont parfaitement absurdes! Mais ça aurait pu être pire si Mireille Mathieu avait accepté le contrat.

D'ailleurs, seuls deux passagers retiennent son attention sincère depuis le début de cette croisière.

Dans cette faune frivole et un peu vaniteuse, qui se flatte d'être riche, le commandant a même entendu l'autre soir une soi-disant baronne, âgée et dédaigneuse, prétendre que le Tiers-Monde finissait par lui rebattre les oreilles! «Qu'il y avait, dans tout cet étalage de pauvreté et de misère, quelque chose de déplacé et de fort mauvais goût*!» Mais le capitaine aux dents blanches est désormais blindé contre ce genre de canonnade de la stupidité!

— Pardon, excusez-moi, dit-il à un vieil homme à barbiche en s'éloignant.

Puis il marche, en souriant, vers ses deux passagers préférés. Ces deux-là sont authentiques, Horne le sait. Leur conversation est d'un ordre entièrement différent; et parmi tous ces pantalons

---

* J'apprends à l'instant que la baronne prépare elle-même un «Livre d'or de l'étiquette», à l'usage des pauvres du monde entier, qu'elle a intitulé: «Le bon goût n'insiste pas!»

de flanelle blanche, ces polos immaculés, ces robes recherchées et ces breloques rutilantes, le vieil imper défraîchi de l'homme et le blouson de denim blanchi du garçon deviennent sympathiques!

— Alors, Messieurs? lance joyeusement le commandant. Je vois que vous êtes fidèles à vos habitudes!

— Que voulez-vous dire? demande Edgar Allan.

— Depuis notre départ, vous ne buvez rien d'autre que de l'eau naturelle! Serait-ce que la justice ne se sent pas en vacances?

— C'est un peu ça, Commandant, rétorque le détective souriant.

— Détendez-vous, Monsieur Allan! Sur ce bateau, la loi, c'est moi! Je prends la relève. Profitez donc de votre croisière, vous et votre ami!

— T'en fais pas d'la bile pour nous, M'sieur Commandant, dit le jeune Ben Saïda. Même si on n'en a pas l'air, comme ça, on rigole bien, va!

— À la bonne heure! s'exclame Horne d'une voix de cornet. À plus tard, Messieurs!

Et il les quitte pour poursuivre sa ronde parmi les invités. Le commandant connaît Edgar Allan de réputation. Il est fier de l'avoir à son bord et il ne se gêne pas pour le dire à l'un ou l'autre de ses passagers.

— Dis, Chef Edgar, tu trouves pas qu'y en a beaucoup de monde qui nous regarde?

— En effet, Ben. Qu'est-ce que tu dirais d'une promenade sur le pont?

— Bonne idée! J'la supporte plus la voix d'la Doudou, qu'elle chante comme un méhari, là*!

---

* Méhari: c'est un dromadaire (une seule bosse) domestique, un animal de selle, rapide comme le vent! Il peut parcourir plus de 200 km par jour. Mais quand il se met à chanter a cappella, c'est vraiment «doudou-loureux»!

2

Les naufragés n'emmènent pas l'arche

Depuis la nuit des temps, la mer exerce une fascination sur l'esprit humain. Cela tient à la fois aux mille secrets que recèlent ses abysses profonds et à sa formidable puissance d'indomptable Titan, qui replace les présomptions de l'homme dans de justes proportions. Ce qui veut dire, en d'autres termes, que ballotté sur l'immensité du Pacifique, on se sent davantage comme une fiente d'albatros, qu'on ne se prend pour un conquérant de l'univers!

Dans un autre ordre d'idée, peut-on toujours parler, devant ces immondes nappes d'huile crachées par les grands pétroliers, devant tous ces poissons qui pâlissent, faiblissent et refont surface ventre en l'air, devant ces bélugas qui s'éteignent, peut-on parler encore de «la mer qui inspire le cœur des poètes»? Hélas! Il est plus approprié, désormais, de parler de «la mer qui écœure les poètes qui inspirent!»

Mais ne soyons pas alarmistes, car les eaux que sillonne la Mélinda sont heureusement épargnées, pour l'instant, de l'inconscience criminelle de la civilisation. C'est tout juste la réflexion que se fait Edgar Allan, quand un matelot vient vider par-dessus le bastingage un seau d'eau savonneuse et souillée.

— Allons, jeune homme! intervient le détective écolo. Pourquoi jetez-vous ça à la mer?

Le jeune marin, le nez camus, l'œil terne, le regarde un instant, l'air idiot.

— Où qu'c'est que j'aurais dû le jeter, mon seau d'eau, à votre avis?

— Ben heu!... je l'ignore..., bredouille Allan.

— Ben heu!... moi aussi, fait le marin en s'éloignant.

«Et voilà, se dit Allan, c'est tout le problème de l'élimination des déchets*!»

Et il retourne auprès de Ben pour regarder le soleil s'enfoncer mollement dans l'horizon embrasé.

○

C'est l'heure des grandes illuminations sur la Mélinda. La nuit enveloppe doucement le grand bateau blanc qui file allègre et insouciant. Le jeune Ben, lui, semble pourtant tracassé.

---

* Votons pour le parti écologiste de notre circonscription! Un Martien m'a dit: «Le vert vous donne bon teint!» Un poète m'a affirmé: «Le vers, c'est le défi!» Un pêcheur m'a confié: «Le ver, c'est le secret!» Un alcoolique m'a éructé: «Le verre... hic! c'est le hic...!»

— Dis, Chef Edgar? dit-il, mine de rien. Heu... tu crois qu'on va y aller dans le «Triangle dans les Bermudes», là?

— Il est loin derrière nous, Assistant! répond Allan en riant. Nous sommes sur l'océan Pacifique depuis notre passage dans le canal de Panama, ce matin.

— Ah! Je le préfère ça! s'exclame Ben, visiblement soulagé. J'en ai entendu des choses tellement terribles!... Y en a quelque chose qui tourne pas rond, avec ce triangle, tu crois pas?

— Bah! Superstitions, tout ça!... Tu sais, il avait raison, le commandant Horne: on devrait se relaxer un peu et profiter de notre voyage!... On peut dire qu'on a eu de la chance, quand même, de gagner cette croisière! Tout ça en signant un petit bon de participation chez M. Gazetti, le dépanneur du coin!

— En y allant seulement acheter une petite boîte de céréales, dis! Y en a des moments où je le crois que la chance, elle nous tombe dessus comme la foudre sur un arbre!

À ces mots, une extraordinaire détonation sourde se fait entendre et la Mélinda tangue brusquement. Edgar

Allan et son assistant sont violemment projetés sur le côté. Toutes les lumières du navire se mettent à clignoter. Une voix monte dans la nuit. Sinistre!

— Un homme à la mer!

Alors, une deuxième secousse survient, qui fait rouler nos amis sur le pont inondé. La musique et les «douadidi» de Doudou ont fait place à des cris et des hurlements de terreur! Le doux «rêve Mélinda» se transforme en affreux «cauchemar Mélinda»! Le bateau ne parvient pas à se redresser et la panique furieuse s'empare de tous. Des hommes et des femmes courent sur le pont, dans tous les sens: une course effrénée, illogique, désordonnée et aussi vaine que brutale. On se pousse, on se tire, on se bouscule, on se frappe, on se piétine!

— On se calme! crie le Cap Horne.

Mais cet appel à la raison se perd parmi les appels au secours. Ben s'agrippe à Edgar Allan.

— Chef Edgar! Chef Edgar! Ça y est qu'c'est la fin pour nous!

— Mais non, Ben, ne crains rien! Et surtout, ne me lâche pas! On ne doit pas se perdre de vue! On s'en sortira, je te le promets!

Un groupe de personnes qui, plus tôt, étaient assises à la même table et se faisaient des politesses se cognent désormais les unes les autres à coups de n'importe quoi: seau en aluminium, extincteur, chaise pliante, tout est bon pour éliminer l'adversaire et prendre sa place dans un canot de sauvetage!

— Tout le monde aux canots, en rang par deux! hurle naïvement le sous-lieutenant au grade de sous-lieutenant.

— Dieu nous garde! crie l'aumônier au grade de m'sieur le curé.

— Sauve qui peut! décrète un mécanicien au grade d'individualiste.

Soudain la Mélinda s'ébranle de nouveau. L'espace d'une seconde, on peut croire que le yacht se stabilise, mais non; il faut admettre avec courage que le destin de ce blanc bateau est d'aller vingt mille lieues sous les mers rejoindre les galions ibériques chargés d'or, les bricks britanniques qui ont pris le bord, les caravelles helvétiques dans le décor, les pirates squelettiques plus très forts, un tas de reliques des conquistadors, une

bouteille en plastique d'eau du Labrador et même une mine soviétique et un jambon du Périgord! Bref, comment le dire mieux, la Mélinda va couler!

La preuve :

— On coule! On coule! s'écrie quelqu'un.

Le navire vient de se cabrer! Sa poupe s'enfonce dans les flots écumants. Son nez levé vers le ciel, la Mélinda semble prendre une ultime et magistrale bouffée d'air avant de se retrouver vingt mille lieues sous les mers, pour rejoindre etc., etc.

«Et le bateau s'en va!» dirait le poète. Oui, la Mélinda progresse lentement vers le lieu de sa dernière escale.

Un naufrage, c'est atroce. Mais un naufrage nocturne, sous la voûte céleste perforée d'étoiles, c'est l'angoisse!

En quelques minutes, la blanche Mélinda passe au-dessous du niveau de la mer, dans un «gloup! gloup! gloup!» sinistre et déchirant, emportant avec elle, dans les eaux bouillonnantes, des sous-lieutenants, des aumôniers, des hommes à barbiche, des mécaniciens et des chanteuses pulpeuses, des commandants, des matelots et des baronnes. (ICI, UNE MINUTE DE SILENCE.) Un quartier de lune brille imperturbable au-dessus de l'océan, et la nuit voile tout comme si elle voulait garder pour elle seule le secret de cette horrible tragédie.

Le calme parfait est revenu à la surface. Poséidon* s'est rendormi. Une «mer d'huile», comme on dit dans la marine, surtout sur les pétroliers du Saint-Laurent. C'est à se demander si la Mélinda a vraiment existé, si elle était vraiment là, blanche et illuminée dans le soir, d'où montait la voix de méhari de la blonde Doudou, il y a de cela moins de vingt minutes.

Plus un seul bruit. Seuls quelques clapotis retentissent... QUELQUES CLAPOTIS??? Mais qu'est-ce que c'est!?... Qui va là?... Ça, par exemple!!! Edgar Allan et Ben Saïda! Sains et saufs!

---

* Les Grecs l'appelaient Poséidon; les Romains, Neptune. Mais c'est le même vieux type qui règne, paraît-il, au fond des mers. Pas étonnant qu'il se fâche de temps en temps, avec toutes les cochonneries qu'on lui envoie sur la tête!

— Alors là, Chef Edgar, t'y en as eu une drôle de bonne d'idée, hein!

— Nage, Ben!... Nage! N'arrête pas! conseille Allan. Je n'ai pas de mérite, Ben; depuis le temps que le ministère de la Chasse et de la Pêche nous le répète: «N'allez jamais en bateau sans un gilet de sauvetage!» Nous n'avons fait que respecter le règlement, Assistant! souffle le justicier flottant.

— Dis-moi, Chef Edgar, tu l'as déjà vu «Les dents de la mer», toi?

— Ah! Je t'en prie, Ben, ce n'est pas le moment! Économise ton souffle et nage!

«Rien ne se crée, rien ne se perd: tout se transforme.» disent les savants. Cette maxime semble pleine de bon sens quand on constate que le pessimisme naturel d'Edgar Allan s'est «transformé» en providence et a sauvé la vie de nos deux héros!

Enfin pour l'instant! Car plaise au ciel que les requins ne les remarquent pas.

3

L'angoisse
de la plage blanche

Ahhh!... Une île!... Une île bordée de sable blanc! Avec une végétation luxuriante! Où les cacatoès côtoient les cacaotiers, où les ouistitis se suspendent par la queue en poussant des cris stridents! C'est un rêve mille fois rêvé par tout un chacun. Un rêve de solitude et de paix: la paix du décor et la paix des cœurs!

Alors pourquoi est-ce si dramatique pour Edgar et Ben d'être étendus là, sur ce sable fin?

Les deux associés d'infortune sont épuisés, à demi inconscients, les pieds encore dans l'eau. Comme si l'océan avait refusé de les avaler et les avait repoussés sur la berge du bout de sa langue!

Le jeune Ben, les yeux mi-clos, se retourne sur le dos. Un soleil caressant inonde aussitôt son visage. Le détective en herbe ouvre les yeux et se dresse lentement pour s'asseoir.

— Quelle «castatrophe»! murmure-t-il.

Puis il aperçoit Edgar Allan, à ses côtés, toujours immobile, la figure enfouie dans le sable mouillé.

— Chef Edgar! s'exclame le garçon.

Et il accourt au-dessus de son compagnon pour le retourner vers l'azur. Grâce au ciel, le héros est au point mort, mais il vit!

Allan recouvre lentement ses sens et se secoue; puis il s'ébroue, se tord le cou, comme un hibou, et se dresse enfin debout. Il pivote sur lui-même, puis fait de nouveau face à l'océan.

— Assistant! déclare-t-il. Nous sommes sur une île... déserte!

Il va de soi que le détective exprime là un pressentiment de naufragé, qui n'a rien de prouvé, puisqu'il n'est pas vérifié! Mais avouons qu'Allan a de bonnes chances d'avoir raison. En effet, qui?... qui viendrait passer ses vacances ici? Pas le moindre «Holiday Inn» à l'horizon! Pas un seul pylône d'Hydro en vue!

— ... Une île déserte..., répète Allan hébété.

— Je le verrai plus jamais Colbert, mon ami...! réalise tristement le petit détective.

Allan s'agite et fait quelques pas dans le sable.

— Mais qu'est-ce qui s'est passé, nom d'un chien? Qu'est-ce qui s'est passé pour qu'on en arrive là!?

— Il a coulé, le bateau, Chef Edgar...

Allan se tire de son état hypnotique.

— Hein?... Qu'est-ce que tu dis, Ben?

— Je dis que c'est EUX qui l'ont causée la «castatrophe», Chef Edgar!

— Alors tu les as vus, toi aussi, Assistant! Je n'ai pas rêvé? demande Allan.

— Bien sûr que je les ai vus! Les trois chacals du N° 1! Ils étaient sur le pont; juste avant l'explosion que j'les ai aperçus!

— Oui, dit Allan tout à fait lucide. Ça ne fait pas de doute, je les ai repérés aussi!

— Et ils en avaient sûrement une bombe qu'ils ont retardée! ajoute le petit limier.

— Bien sûr... c'est possible..., réfléchit Allan. Mais enfin, ils n'auraient quand même pas VOLONTAIREMENT causé le naufrage d'un bateau sur lequel ils se trouvaient! Ce serait complètement idiot!

— Ah! fait Ben. Tu le vois bien que c'est eux!

Pour l'apprenti détective, cette réflexion d'Allan équivaut à une signature sur le drame: quand c'est bête et méchant, c'est toujours la marque du N° 1 et de son organisation! Ben en est désormais convaincu.

— Eh bien! si tu as raison, Ben, c'est dire à quel point le désir de vengeance et la cupidité perdent leur homme! Ils se sont sacrifiés comme des kamikazes pour se débarrasser de nous! Fallait-il qu'ils nous haïssent!... Quand même, je ne leur aurais jamais souhaité une fin si tragique*!

— Tu crois qu'ils ont coulé à pic, Chef Edgar?

— Comment savoir?... Peut-être ont-ils été aspirés vers les ténèbres par ce gigantesque tourbillon d'eau!?... On raconte qu'il y a au fond des mers des gouffres si profonds que nul homme, si en forme et «Cousteau» soit-il, n'a jamais pu les explorer, si bien qu'on ignore où ils mènent...

— Ou peut-être qu'ils ont nagé, nagé et nagé, avant que les requins ils se les farcissent!?

Allan a une moue de douleur.

— Quelle fin atroce!... Heureusement, l'océan rend parfois ce qu'il prend; il n'a pas voulu de nous, Assistant!

— Heureusement, surtout, reprend Ben, qu'on les avait nos ceintures de sécurité!

---

* Un vrai héros doit toujours faire preuve de grandeur d'âme et de noblesse dans l'action. Sinon, c'est un salaud!

— C'est vrai qu'elles nous ont été salutaires! Sans elles, on rejoignait sûrement la comtesse, le professeur et le commandant!

— Aïe! aïe! aïe! Qu'est-ce qu'on l'a échappé belle!

Soudain, si aberrant que cela puisse paraître à nos deux détectives sabordés, lointaine et portée par le vent, une voix retentit. Une voix humaine venant de l'intérieur de l'île. Comment est-ce possible!?

Edgar et Ben échangent un regard... un regard... indescriptible*.

— Je n'ai pas la berlue, Ben!... Une voix nous appelle!

— Tu crois que c'est le soleil qui nous tape trop fort sur le cabochon, Chef Edgar?

La voix résonne de nouveau, plus près. Les deux amis se retournent d'un

---

* Il faut savoir ne pas alourdir l'instant par des descriptions superflues. C'est ce qui s'appelle avoir le sens du «phrasé». Rien à voir avec «L'essence du fraisier», qui est un poème de jeunesse que j'ai écrit à 14 ans.

bond synchrone. Ils aperçoivent, bouche bée, un homme qui approche.

— Ohé! fait l'individu en se hâtant.

— Nom d'un chien!

— Qui c'est «çuilà», Chef Edgar?

— Eh bien! on ne va pas tarder à le savoir, Ben.

— Pourvu que c'est pas un p'tit Pygmée coupeur de tête!

— S'il te plaît, Ben, refoule ton sens du drame et... souris! Souris!... Bonjour! dit Allan en agitant son chapeau détrempé.

Le nouveau venu semble sympathique malgré son regard de chien battu. Il porte des hardes effilochées et une barbe embroussaillée.

— Salut, braves gens! lance-t-il à la visite. Soyez les bienvenus sur mon île déserte, Messieurs!

Allan et Ben le dévisagent, muets comme des carpes.

— Oh! je vous comprends, allez!... poursuit-il. Je connais bien ce choc qui suit le naufrage; car c'est bien ça, n'est-ce pas? Vous êtes naufragés?

— Excellente déduction, l'ami! dit Allan. C'est bien ça... hein, Ben? Nous avons fait naufrage.

— Eh bien! je suis enchanté! s'exclame le barbu en tendant la main.

— C'est une joie partagée, rétorque le détective, Monsieur...?

— Le Marin. Alexandre Le Marin: c'est mon nom.

Allan lui rend sa poignée de main.

— Dites-moi, Monsieur Le Marin, vous fréquentez les lieux depuis...?

— Sept ans, Monsieur, répond promptement l'individu. Il y a sept longues années que je vis sur cette île!

— Sept ans!? s'exclame Ben, époustouflé.

L'homme acquiesce d'un mouvement de tête résigné, puis il sourit de nouveau.

— Faites-moi plaisir, Messieurs: puisque nous sommes entre nous, appelez-moi «Alex».

— Qu'à cela ne tienne, Alex, moi, c'est Edgar.

— Vas-y que tu peux m'appeler Ben.

— Dites-nous, Alex, reprend le détective, vous aussi, heu... le naufrage?

Alex exprime soudain un air des plus pathétiques. Quelque chose à fendre les cœurs de rockers les plus secs.

— Oui, Edgar..., laisse-t-il tomber faiblement. Naufragé... de la pire espèce!... Naufragé volontaire!... C'était la plus grande des folies, et je l'ai faite! dit-il, la voix grave et théâtrale. Pauvre de moi! lance-t-il vers les nuages.

Le détective et son assistant s'interrogent du regard. Ce farfelu serait-il un peu fêlé de la dynamo? Allan intervient avec beaucoup de tact et de discrétion.

— Ça ne... ça ne vous ennuie pas si... si on vous tient compagnie?

— M'ennuyer!?... Vous n'y pensez pas? répond Alex. Je vous prie même d'accepter mon hospitalité, mes amis!

— Eh bien! tu vois, Chef Edgar, moi, j'les aime mieux les îles désertes quand y en a quelqu'un pour nous recevoir!

— Mon assistant et moi acceptons avec grand plaisir! dit Allan.

— Alors allons-y! s'enthousiasme l'hôte. Ma cabane est tout près; nous y serons mieux pour bavarder.

Et alors que l'océan rugit comme un fauve au repos, paisible et repu, nos détectives convives s'éloignent, guidés par celui qui apparaît, sans l'ombre d'un doute, comme le maître de ce «bout de terre par les flots ceints*».

---

* Dites en un mot ce qu'est un «bout de terre par les flots ceints»._____

Réponse : UNE ÎLE

4

Blessé d'une belle dans la peau

L'habitation d'Alex Le Marin est une petite cahute faite de branchages en treillis et de stipes* d'aloès. À l'intérieur, c'est le confort du naufragé, comme on peut l'imaginer, avec tout ce que l'art de se relever d'un naufrage comporte de

---

* Une forte récompense est offerte à qui retrouvera «stipe» le premier... dans le dictionnaire.

pratico-pratique et de rudimentaire: quelques accessoires fabriqués à la bonne franquette, deux souches transformées en tabourets, une petite table en bois de manguier, des demi-noix de coco évidées en guise de récipients.

Par une petite fenêtre aménagée dans la paroi du fond, on aperçoit la végétation tropicale abondante et le ciel aussi bleu que les yeux de ma blonde*.

— Je suis heureux de vous accueillir sous mon toit, chers amis! dit Alexandre en entrant.

— Ça, par exemple! s'exclame Allan, épaté. Mais vous êtes drôlement bien installé!

— Ho! vous savez, c'est contre mauvaise fortune bon cœur, hein! tempère Alexandre.

— Ah non! non! non! insiste le détective, moi, ça me plaît beaucoup, vraiment!

— Moi, intervient Ben, ça me le rappelle quand j'étais un p'tit gamin et que j'en faisais des cabanes dans les arbres!

---

* ... qui, en fait, sont noisette. Mais ce ne sont pas vos affaires, car les yeux de ma blonde ne regardent que moi!

— Mais c'est tout à fait l'esprit recherché! confirme Le Marin. Ainsi, ça vous plaît?

— Purée de figues sèches! affirme Ben. Si j'en avais une cabane comme ça, moi, avec de l'air et tout, qu'est-ce que je rigolerais!

Alexandre leur désigne des souches, à leurs pieds.

— Asseyez-vous, asseyez-vous, mes amis! Il y a bougrement longtemps que j'ai parlé à quelqu'un de sympathique! note l'hospitalier barbu.

Allan et son assistant prennent place; puis Ben se contorsionne dans tous les sens, comme s'il cherchait quelque chose.

— Ça, par exemple!... lance-t-il à son tour.

— Qu'est-ce qu'il y a, Assistant? demande Allan intrigué.

— Mais... il est où son perroquet?

Soudain envahi par la suspicion, sans savoir pourquoi, le détective fronce les sourcils en direction de son hôte.

— Il est où vot' perroquet? demande-t-il, ferme.

— Quel perroquet? s'étonne Alexandre.

— Quel perroquet...? retourne Allan à Ben.

— Je... je n'ai pas de perroquet..., bredouille Le Marin.

— Ah! non...? dit Ben sérieusement surpris*.

— Non. Et de toutes façons, je ne vois pas où je trouverais le temps de m'en occuper. Un animal, ça demande de l'attention, et je n'ai pas une minute à moi!

Edgar Allan éclate d'un rire sonore.

— Bravo! dit-il. Au moins, vous n'avez pas perdu le sens de l'humour!

— Quel «sens de l'humour»? rétorque l'homme. Il y a longtemps que je ne sais plus rire, Edgar!

— Pourtant... à l'instant, vous...

— Je ne plaisantais pas, Edgar. Quand je dis que c'est moi qui dois m'occuper de tout sur cette île, c'est la pure vérité!

---

* La surprise de Ben vient du fait que dans toutes les histoires d'îles et de naufragés, il y a effectivement toujours un perroquet! Alors, il est où, ce sacré perroquet!?

Le limier et son émule se concertent de nouveau du regard. Qu'est-ce qu'il raconte, le bonhomme? Il est seul sur une île depuis sept ans et il prétend n'avoir pas une minute à lui!? Allan le considère gravement par-dessus ses lunettes. Le Marin arbore maintenant une tête inquiétante. Ses yeux ont sombré dans on ne sait quel souvenir, et les commissures de sa bouche tombent de part et d'autre de son visage subitement dramatique. L'homme agite ses doigts devant lui, hagard, puis il récite :

— J'ai sillonné les mers,
J'ai chevauché les flots,
Comme un bronco fougueux!
Mais le chant doux-amer,
Qui remonta des eaux,
Terrible et harmonieux,
Sur cet îlot désert
M'a condamné aux maux
Du plus vilain des gueux!

Allan et Ben semblent tout à fait impressionnés par cette déclamation inattendue.

44

— C'est très beau! décrète le détective ému.

— Ouais!... dit Alex, songeur. Mais c'est surtout «vrai»!

Encore une fois, Edgar Allan est confronté au sens énigmatique des paroles de l'étrange naufragé.

— C'est mon histoire, l'histoire de ma destinée! explique-t-il.

— Si vous ressentez le besoin d'en parler... heu!... hein, Ben? dit Allan curieux.

— Vas-y qu'on n'a que ça à faire, alors tu parles!

Il est clair qu'Alex a, depuis très longtemps, besoin de se confier, si bien que l'offre de nos deux amis ne tombe pas dans l'oreille d'un sourd.

— La honte me paralyse, commence Alex, mais vous êtes des amis, alors soit! Je suis le capitaine Le Marin, commandant à bord du «Fend-la-Houle», un superbe trois-mâts! Il appartenait à une riche héritière; et si j'étais le maître à bord de ce bateau, je n'en étais pas moins son serviteur à elle! Nous parcourions le monde. Je la guidais.

Alexandre a tout à coup les yeux pleins de larmes.

— J'étais... j'étais fou d'elle! poursuit-il. Comme tous les autres, d'ailleurs! Un soir, à Singapour, elle a fait descendre tout l'équipage et m'a ordonné de sortir du port, ce que j'ai fait sans discuter.

— Quoi? quoi? coupe Allan, vif et attentif. Vous voulez dire que vous avez pris la mer seuls?... C'était risqué!

— À qui le dites-vous, Edgar! soupire Alexandre. En fait, c'est la mer qui nous a pris, parce que aussitôt une tempête s'est levée. Depuis trois jours et trois nuits, je naviguais, luttant contre les éléments et l'épuisement, quand elle m'a appelé à sa cabine. J'ai été transpercé par son regard quand elle m'a dit: «Alexandre, j'ai tout de suite compris que ce serait vous!»

— «Que ce serait vous»? répète Allan.

— Ouais! fait l'homme. J'allais m'évanouir de joie, quand elle a continué en disant: «Acceptez de partager mon rêve, Capitaine Le Marin!» J'ai alors cru que j'étais l'élu de son cœur.

— Mais quel rêve qu'elle voulait le partager avec toi? fait Ben, empressé.

— Figurez-vous, mes amis, qu'elle rêvait depuis toujours de disparaître en mer, sans laisser de traces, et de se réfugier sur une île déserte!

— Et vous avez accepté ça!? s'exclame Edgar Allan sidéré.

— Non!... dit vivement Alexandre, enfin pas tout de suite! J'ai d'abord été effrayé, puis j'ai poussé l'audace jusqu'à l'appeler par son prénom: «Zoé, ma Zoé, lui ai-je dit, êtes-vous sûre de ne jamais regretter?» Devant mes hésitations, elle s'est mise à me couvrir de mots doux et de petits noms charmants...

Alexandre semble brusquement se dégonfler sur sa bûche et évoque avec un attendrissement déchirant :

— Elle m'a appelé... «son Robinson»!

— Aïe! aïe! aïe! Quelle «castatrophe»! laisse échapper l'assistant.

— «Son... Robinson»? répète Allan, ébahi.

— Oui, Edgar, «son Robinson»... et je l'ai crue sincère!... Alexandre, devenu Robinson, crut Zoé*!... Je n'ai jamais vraiment

_____

* Le livre de Daniel Defoe, «La vie et les étranges aventures de Robinson Crusoé», compris ce qui s'est passé ensuite; mais quelques minutes plus tard, j'étais dans la cale, frappant frénétiquement la coque du «Fend-la-Houle» avec une hache! Pour le saborder! C'était de la démence! Mon beau trois-mâts a coulé par le fond. Plusieurs jours ont passé et notre canot pneumatique allait à la dérive. Et l'océan nous a enfin rejetés sur cette île...

Alexandre paraît épuisé par tant d'émotions.

— Vous savez tout de moi... Je suis un naufragé volontaire...

Le détective se livre à une légère réflexion. En fait, Allan ne trouve pas ce récit complet.

— Quelque chose me chicote..., dit-il. Où... où est-elle?

— Qui? dit Alex.

À cet instant précis, une voix impatiente et pleine de hargne hurle un nom :

— Aaaalexaaaaaandre!!

Ben et Edgar sursautent.

---

est à lire si vous faites du camping sauvage. Sinon, c'est à lire quand même!

— Qui c'est qui crie comme un chameau, là!? demande le garçon.

— Bonne question, Assistant! souligne Allan. Qu'est-ce que c'est que ça, nom d'un chien!?

Le capitaine Le Marin se lève alors avec la mine d'un galérien, et son regard de chien battu se pose sur nos amis et prend tout son sens.

— Je vous prie de m'excuser, Messieurs, dit-il. C'est la patronne. Elle me cherche, comme d'habitude; elle ne peut pas me laisser tranquille plus d'une heure!

— La... la patronne...? Zoé!? questionne Allan encore ahuri.

Et tandis qu'Alex fait un signe affirmatif et triste de la tête, la voix enragée de Zoé retentit encore une fois.

— Aaaalexaaaaandre!!!

5

On n'est jamais si bien servile que parce qu'on aime

C'est une ravissante petite clairière embaumée, à l'intérieur de l'île. L'air léger fleure le parfum des orchidacées et l'arôme des broméliacées*. Ces émanations douces et sucrées procurent

---

* Voir l'étiquette sur la boîte d'ananas Del Monte.

l'impression surréaliste d'aborder un énorme yogourt aux fruits exotiques*. Les feuilles longues et larges d'une végétation fournie semblent déposées là par un décorateur de génie, pour servir d'écrin de verdure aux fleurs multicolores et rares.

Au fond, entre deux massifs fleuris, les rayons du soleil baignent l'entrée d'une petite grotte, devant laquelle on a judicieusement installé une chaise en bois rond et un guéridon en palmes tressées. Une demi-noix de coco sur pied et des lunettes noires y sont déposées.

Zoé entre dans la clairière. Son allure furibonde ne laisse aucun doute sur son humeur massacrante. Elle s'assied sur la chaise, se relève, fait quelques pas, tourne sur elle-même, s'impatiente.

— Je lui ai répété cent fois de ne pas s'éloigner! qu'il doit être là quand je l'appelle! se dit-elle à voix haute. Qu'il m'exaspère!... Mais qu'il m'exaspère! Je suis sûre qu'il le fait exprès!

Il est intéressant de noter que les gens de «la haute» ont un je-ne-sais-

---

* Un yogourt Delisle, cela va de soi.

quoi qui les caractérise au premier coup d'œil. Ainsi, Zoé a beau se draper dans un pagne bariolé de couleurs vives, selon la mode des îles de l'Océanie, elle a beau s'accrocher une énorme fleur rouge dans sa chevelure sombre et marcher pieds nus, rien n'y fait: son tempérament de jeune femme riche et capricieuse n'en est pas adouci. Voilà pourquoi les riches de naissance ne goûteront jamais la volupté de la simplicité. Ils ne jouiront jamais des tout petits plaisirs: le goût des «arachides en écale», des «rôties à la moutarde» ou de la «poutine de Canada Drive in»! Autant dire qu'ils n'accéderont jamais au vrai bien-être! Ainsi va la vie: il y a une justice pour tous et tant pis pour eux!

Après un instant, alors que Zoé est à bout de patience, les branches s'écartent pour laisser paraître Alexandre qui entre nonchalamment de son pas de condamné à perpétuité.

— Madame m'a appelé..., je crois? dit-il la voix éteinte.

— Ah!... Vous voilà!... s'exclame Zoé. Laissez-moi vous dire une chose, Alexandre...

D'un geste de la main, Alex l'interrompt.

— Je sais, Madame: «Je vous déçois profondément. Et plus le temps passe, moins ça s'arrange!» Madame me le ressort chaque jour.

— Au moins, vous avez compris ça; il y a de l'espoir!

— Madame est bien bonne. Mais si Madame me le permet, je dirai que...

D'un geste de la main, Zoé l'interrompt à son tour.

— Je sais, Alexandre: «J'ai changé. Je ne suis plus la même. Vous ne me reconnaissez plus. Pourtant, sur le bateau, et patati! et patata!...» N'est-ce pas?

— Et patati! et patata! Madame, fait douloureusement Le Marin. Et patati! et patata! en effet!

Zoé s'agite soudain, la mine apparemment bouleversée par le chagrin.

— Aaah!... Mais que vous êtes injuste, Alexandre!

Le pauvre homme au cœur meurtri a alors un élan de compassion vers cette femme qu'il aime profondément, un peu comme un esclave vers son maître fouet, comme un chrétien vers son lion d'Afrique, comme un ver de terre vers son étoile, comme mon neveu vers Madona, comme mon beau-frère vers les Nordiques, comme Ben Johnson vers sa médaille d'or. Est-ce assez clair*?

Alexandre s'élance donc vers Zoé.

— Zoé...! expire-t-il.

— Ah non! fait vivement la cruelle esclavagiste. Je vous somme de rester à votre place!... Ce genre de débordement et de familiarité conduit à l'anarchie!

Comme on dit populairement, Alexandre prend son trou.

— Madame a sans doute raison..., soupire-t-il, désabusé.

— Bien! reprend Zoé. Cela étant dit, vous mettrez trois couverts de plus ce soir.

Alex lui adresse un regard consterné.

— Ne faites pas cette tête-là! poursuit-elle, nous avons des naufragés... enfin je veux dire des invités.

---

* Il est capital de bien comprendre l'étrange relation d'Alex et de Zoé, qui, bien que fictifs, doivent sûrement ressembler à quelqu'un, bon sang! Je n'ai quand même pas inventé ça, moi!

— Ah?... J'ignorais que Madame était au courant...!

— Je vois mal comment il en serait autrement; c'est moi qui les ai découverts sur la plage et qui les ai ranimés. Je dois dire que s'ils avaient dû compter sur vous, ils ne seraient plus de ce monde! Vous n'êtes jamais là quand il le faut!

— Que Madame m'excuse, ils ne m'en ont pas parlé.

— Bien sûr que non, mon pauvre Alexandre! dit Zoé exaspérée. Ils ne vous ont pas encore vu!

— Mais oui! mais oui! que Madame soit tranquille, c'est fait, je les ai rencontrés.

— Comment!? s'étonne fortement Madame.

— Oui, ils m'attendent chez moi, tous les deux.

— Haaa! rage Zoé. Enfin, Alexandre, vous divaguez, mon brave! Comment peuvent-ils vous attendre chez vous tous les deux, alors qu'ils m'attendent chez moi tous les trois!? C'est absurde!

Alexandre Le Marin semble pour le moins... comment dire?... nager dans la purée!

— J'avoue, confie-t-il, que Madame vient de prendre une longueur d'avance...!

Tout s'éclaire pour l'ex-commandant du «Fend-la-Houle» lorsque Gricha Vassilievna, Julius Nautilus et Grégoire Dufilou apparaissent au sortir de la grotte.

— Ah!... Chers amis! fait Zoé, très «jet-set». Alors, bien reposés?

Alexandre est resté comme deux ronds de flan, les bras ballants et l'air ballot.

— Magnifiquement reposés, chère Madame! répond Gricha en roulant son accent russe.

— Je vous en prie, appelez-moi «Zoé».

Le maléfique trio de rescapés fixe son triple regard sur Alex, qui n'a pas bronché d'un poil.

— Alexandre! commande Zoé. Approchez et présentez-vous à nos amis, voulez-vous?

Alex se redresse, les doigts sur la couture du pantalon, raide comme un amiral en revue.

— Alexandre Le Marin, dit-il, bref, jadis commandant du «Fend-la-Houle», un superbe trois-mâts. Enchanté.

— Comtesse Gricha Vassilievna Tchoukanovna, décline l'aventurière en tendant le bras pour recevoir le baise-main. Ravie, Commandant.

— Professeur Julius Nautilus. Très heureux, Commandant, fait-il de sa voix éraillée.

— Commandant Grégoire Dufilou. Absolument honoré, cher collègue, dit-il en claquant les talons.

— Nos amis ont fait naufrage, Alexandre, précise Zoé, tout comme nous.

Alexandre secoue la tête.

— Madame lésine un peu sur la nuance, il me semble!

— Ah! je vous en prie! répond sèchement Zoé. Ce n'est ni l'instant ni le lieu pour laver notre linge sale, Alexandre!

— C'est comme ça qu'on se retrouve un jour avec une lessive monstre, Madame!... Enfin, pour l'instant, excusez-moi, mais je dois me retirer.

— Faites comme chez vous! lance le professeur.

— Vous retirer?... Il n'en est pas question; j'ai besoin de vous ici! s'empresse de signaler Zoé.

Alexandre s'approche de Madame et lui chuchote à l'oreille :

— On m'attend, Madame.

— Si c'est une plaisanterie, elle n'est pas drôle!

— Madame se souviendra que je lui ai parlé des naufragés, poursuit Alex en soupirant.

— Mais enfin...! Vous voyez bien qu'ils sont là, les naufragés! dit Zoé, excédée.

— Non, Madame! rétorque Alex, sur un ton déterminé. Ça, ce sont les vôtres!... J'ai les miens!

C'est un moment où règne la plus grande confusion sur les visages et dans les esprits. Un peu honteuse, devant «ses invités», de ce laisser-aller inconcevable entre «gens du monde et du meilleur», Zoé tente de rattraper diplomatiquement la situation.

— Dites-moi, Capitaine Le Marin, articule-t-elle aimablement, croyez-vous que vos naufragés accepteraient une invitation à la réception que je donne ce soir?

— ... Sais pas! escamote Alexandre, boudeur.

— ... Faudrait le leur demander! continue Zoé, souriante.

— Faudrait...!

— Voudriez-vous vous en charger..., Capitaine? prononce-t-elle entre ses dents.

— Ouais!... J'y vais!

Et Alexandre amorce une sortie que Zoé stoppe brusquement.

— Alex!... Veuillez me cueillir quelques fruits, chemin faisant! ordonne-t-elle, très riche héritière et très tête à claques.

Alors Alexandre s'enfonce dans la haute végétation en bougonnant et en marmonnant on ne sait quelles locutions que seuls les amoureux transis et torturés ont le droit d'entendre. Il disparaît dans la nature.

6

L'aloha, c'est l'aloha

Lorsqu'il revient à sa cabane, Alexandre Le Marin est accueilli par une scène qui lui apparaît cocasse: Edgar Allan et Ben Saïda ont retroussé leurs manches et se sont attelés à un travail inattendu.

— Edgar...? Ben...? mais... qu'est-ce que vous faites?

— Allô, M'sieur Marin! lance Ben. Ça y est que t'y es revenu?

— Heu!... oui, oui, c'était la patronne... Mais qu'êtes-vous en train de faire?

Allan délaisse un instant son travail d'artisan pour se tourner vers Alex.

— Cher Alexandre, dit le détective, vous avez choisi, et c'est votre affaire, de rester *ad vitam aeternam* sur cette île idyllique, mais mon assistant et moi ne sommes pas faits pour cette vie.

— Oui, corrobore Ben, nous, on en a besoin de l'action! Et surtout, on en a besoin des chacals d'la «garnisation» de...

Alors Ben se souvient du naufrage et réalise la perte de ses ennemis jurés. Il se tourne, désolé, vers Allan.

— Dis-moi pardon, Chef Edgar...

— Allons donc! Ben, c'est bien naturel ce qui t'arrive, dit Allan en devenant son-geur. On les a si longtemps traqués, harcelés, poursuivis, qu'ils faisaient partie de notre vie, tous les trois. C'était une belle brochette d'escrocs, mais ils nous manqueront, c'est certain! Qu'ils reposent en paix! soupire-t-il.

— De chers amis que vous avez per-dus? s'enquiert Alex avec tact.

— Non, répond tristement Ben. Des chers ennemis qu'on les avait trouvés...

— Enfin, ce qui est sûr, déclare Allan, c'est qu'on retourne chez nous, Ben et moi!

— Mais... Edgar? Comment ferez-vous!? demande Alex.

Ben et Edgar prennent un air résolument méfiant.

— On lui dit ou on ne lui dit pas? chuchote Allan.

— Vas-y qu'on peut lui dire! répond Ben.

— Très bien! Capitaine, nous allons vous mettre dans le secret! murmure Allan, sur un ton de confidence. Ben et moi allons fuir... PAR LA MER!

Et les deux complices éclatent de rire à l'idée de cette grosse évidence. Bien sûr, Edgar et Ben s'amusent un peu aux dépens de leur compagnon, mais loin d'eux l'idée d'être méchants! Ce qu'ils cherchent à lui faire comprendre au-delà de la plaisanterie, c'est qu'il n'y a nul autre moyen de sortir de cette île!

Alexandre regarde Ben élaguer et écorcer une longue tige droite et flexible.

— Qu'est-ce que vous fabriquez?

— Quand je l'aurai nettoyée cette grande tige et que je l'aurai chauffée dans le feu pour le sécher et le durcir son bois, j'en aurai plus qu'à l'aiguiser comme une aiguille pour en avoir un harpon qu'il sera terrible! Et on en mangera du poisson cru mais frais, nom d'un chameau!

— Vous voyez, explique le détective, quand j'aurai cousu, avec ces fils de lianes, ces larges feuilles de caoutchouc en triple épaisseur sur cette branche que j'ai tordue en forme de boucle, j'aurai une solide pagaie! Il suffira d'en fabriquer deux, nom d'un chien!

— Mais... mais..., bredouille le capitaine. Et l'embarcation...? Il me semble que c'est par là que vous devriez commencer, non?

— Ça, lance Allan, c'est réglé!

Le capitaine Le Marin tombe des nues.

— Réglé!?... Comment ça?

— C'est exactement la même question que j'me la pose depuis le commencement! avoue Ben.

— Eh bien! moi, Assistant, c'est exactement la question que j'ai résolue DÈS le commencement! dit Allan en souriant.

— Voilà! explique Ben à Alexandre, voilà pourquoi c'est lui, le chef Edgar, le meilleur des détectives!

Tout à coup, l'humeur d'Alexandre se chagrine. Ses yeux bleu délavé, sur sa peau cuivrée par le vent du large et les embruns*, s'assombrissent.

— Êtes-vous... parfaitement décidés? Il n'y a aucune chance pour que vous changiez d'idée?... On n'est pas si mal sur cette île, après tout! Je... je suis sûr que vous prendriez l'habitude...

Et sa voix se teinte d'une authentique émotion.

— Je... j'étais bien content de... d'avoir de nouveaux amis, moi...!

— Vous comprenez, Alex, réplique Allan gentiment, vous, vous avez votre vie ici... vos petites habitudes bien réglées, et tout... Vous avez... un emploi stable auprès de... de votre patronne! Mais nous, Ben et moi, il nous faut notre

---

* Celui ou celle qui ne trouvera pas «embruns» dans le dictionnaire sera remboursé par le libraire. Ce sont des «embruns» remboursables à court et à moyen termes!

ville et ses palpitations; il nous faut les freins des autobus, qui grincent sous nos fenêtres, les hurlements des ambulances au loin, les odeurs de carburant, qui envahissent la montée d'escalier; et notre propriétaire, madame Bellefeuille, qui crie derrière la porte: «C'est le jour du loyer!» Ce n'est qu'au milieu de toute cette absurdité qu'on se retrouve vraiment, nous autres, détectives!

— C'est vrai, confirme Ben, ici, c'est trop calme et en plus, le seul ennemi qu'on pourrait l'avoir dans cette île, c'est un ami! dit-il avec un geste vers Alex. Non, crois-moi, M'sieur Marin, jamais qu'ça pourra marcher entre nous!

Devant cette justification des plus convaincantes de nos deux héros, le capitaine s'incline :

— Alors Aloha, Messieurs!... Accepteriez-vous, ajoute-t-il abruptement, une invitation à une réception, avant de partir?

— Ah! Ah! Ah! Bravo, Le Marin! Elle est bien bonne! s'esclaffe Allan. Faut garder le moral!

— Je ne plaisante pas, Edgar!... Il se trouve que Zoé... la patronne donne une réception ce soir et demande que vous l'honoriez de votre présence.

— Une réception... pour nous!? demande Ben amusé.

— Entre autres, oui, répond Alex.

— C'est d'accord; mon assistant et moi acceptons avec joie! dit Allan.

— Très bien! conclut Alex. Je... je vais à la cueillette; il me faut quelques fruits.

Puis il ajoute pour lui seul, entre ses dents :

— Si je ne lui rapporte pas ses fruits, je vais en entendre des «vertes et des pas mûres»!

Le Marin s'éloigne, mais se retourne vers ses compagnons juste avant de disparaître de nouveau dans la jungle.

— Je suis quand même très inquiet pour vous, mes amis, confie-t-il. L'océan est dangereux! Souvenez-vous de Singapour! conseille-t-il, l'index en l'air. Partir seul sur les flots, c'est courir vers l'imparable!... À plus tard, camarades!

Et il s'en va.

Ben est resté pensif après cette mise en garde.

— Ho! Chef Edgar, et si des fois qu'il avait raison?... Lui, il en a coulé dans la tempête avec un vrai gros bateau! Alors nous autres, aïe! aïe! aïe!

— Assistant, on n'a pas un «rêve tordu» à partager avec une folle, nous! Le seul projet qu'on ait en commun, toi et moi, c'est de rentrer chez nous!

— Mais sur quoi qu'on va le traverser l'océan? J'arrive pas à le comprendre!

— En temps et lieu, Ben, je te le dirai. Et puis on n'a pas à traverser l'océan! Souviens-toi de ce qu'a dit le capitaine dans sa cabane ce matin: «la route maritime des transatlantiques ne passe pas loin, vers l'ouest»! Il nous suffira de nous y rendre, de jeter l'ancre et d'attendre un bateau!

Ben ne semble pas vraiment convaincu.

— Heu!... bien sûr... vu comme ça, là!

— Et si tu veux changer d'avis maintenant, Ben, tu n'as qu'à le dire.

— Et tu le crois peut-être, Chef Edgar, que je vais te laisser partir tout seul sur ta coquille de noix!? Non! Comme ils le disaient les trois autres qu'ils étaient quatre, là: «Un pour tous et tous pour un»!

— Je savais bien que je pouvais compter sur toi, Ben! Ne t'en fais pas, je crois que l'océan nous a adoptés. Il nous a à la bonne, c'est sûr! Et puis on a toujours nos gilets de sauvetage, nom d'un chien!

Dans son for intérieur, le jeune Kabyle n'en mène pas large; il craint l'océan imprévisible et surtout les requins, ces mangeurs d'hommes! Ben s'imagine planté au beau milieu du Pacifique, sur on ne sait quel frêle esquif rudimentaire confectionné par Allan. Il se voit cerné par les squales frénétiques attendant leur repas; et aucun navire à l'horizon! Un frisson magistral traverse le petit détective. Mais il garde ses appréhensions pour lui et aiguise son harpon avec plus d'application encore; si les requins le cherchent, ils le trouveront... armé et résolu à vendre chèrement sa peau!... Tout à coup, une pensée envahit l'esprit de Ben: «Non, non, non! pense-t-il. Y en a pas d'erreur, il en faut qu'on s'en sort de cette aventure!... Y a Colbert qu'il est là-bas et qui m'attend!»

7

Le jeu de la moue et du regard

Alors que la justice tente de se trouver un peu de vent dans les voiles, le crime, lui, aurait tendance à devenir méditatif. La comtesse Gricha évolue d'un pas auguste, avec un soupçon de langueur dans le geste. Une orchidée entre les doigts, elle se déplace comme sur un nuage, humant à pleins poumons l'air ambiant, soupirant d'aise, la volupté sur le visage et dans les yeux.

Zoé a pris place sur sa chaise longue en bois rond, ses lunettes noires sur le nez et elle profite de la caresse du soleil pacifique. Elle rêve aux grands titres des journaux depuis sept ans! «LA MER N'A TOUJOURS PAS RENDU L'HÉRITIÈRE», «LE MYSTÈRE S'ÉPAISSIT AUTOUR DE ZOÉ DE LALIASSE!», «QU'ADVIENDRA-T-IL DE CETTE COLOSSALE FOR-TUNE?» Et elle sourit, la Zoé, en pensant à son testament, où elle souligne «qu'on devra exercer des recherches actives pendant dix ans avant de toucher le moindre sou», ce qui lui laisse encore trois belles années pour se la couler douce! Car il faudra bien un jour re-prendre place dans le monde et re-trouver les cocktails mondains, les ré-ceptions interminables et les obligations de son rang, hélas! Zoé grimace à cette pensée. Mais au moins, elle aura eu dix belles années dans sa vie de pauvre pe-tite fille riche! Zoé sourit à cette pensée.

Le professeur Nautilus s'intéresse en silence aux pistils des fleurs, à la texture des feuilles, au développement extraor-dinaire de ces mégavégétaux. Qui sait? Nautilus se prend peut-être à cet instant pour Jules Verne sur son île mystérieuse. Car nous le savons déjà, le vieux savant a un grand regret, celui de n'avoir pas assez parcouru le monde! Il a commencé tardivement sa carrière d'escroc aventurier. Il a passé le plus clair de sa vie dans des labos de produits chimiques et y a laissé ses bronches et son nez! Tant de fragrances, tant de parfums délicats autour de lui, et il reste irrémédiablement bouché! C'est le drame de Julius.

«Je ne serais pas étonné, songe-t-il, qu'une partie de cette île abrite quelque nid de ptéranodons ou de trochosaurus*!»

Le vieil homme brillant en est réduit à souhaiter se retrouver face à une créature monstrueuse et féroce! Prêt à tout, le Julius, pour se faire un nouveau stock de souvenirs! Si ce n'est pas malheureux!

Quant à Grégoire Dufilou, il scrute le ciel depuis un bon moment déjà, au

---

* Ce sont des bestioles pas très sympas, mais fascinantes, qui vécurent il y a pas mal de temps. À côté d'elles, le «pitt-bull», c'est de la petite bière!

risque d'un torticolis monstre! La joie envahit le loup de mer jusqu'aux larmes. Sans blagues... son œil est voilé par un trop-plein des glandes lacrymales! Bref, il braille!

— Ah! Mes amis!... Mes amis! explose-t-il, la roupie au bout du nez.

Tous, à cette seconde, sont tirés de leurs rêves et se retournent en bloc.

— Regardez, Comtesse!... Regardez, Professeur! poursuit le commandant. Voyez cet azur parfait! Et lui, écoutez-le rugir autour de nous...!

— Heu!... qui ça? craille Nautilus.

— L'océan, Professeur! dit Grégoire avec emphase. Il rugit de rage parce qu'il ne m'aura jamais!

— Heu!... quoi? récidive Nautilus.

Mais rien ne peut faire obstacle à l'élan de bonheur du marin borgne.

— Humez!... Humez ces fleurs!... Humez, compagnons!

Nautilus a un geste fataliste de la main.

— Humez, Comtesse, parce que moi..., c'est «capout»! regrette-t-il.

La passion de Dufilou continue de déferler.

— Tous ces parfums et la douceur de cet air salin, n'est-ce pas la plus formidable des sensations!?

— Da, da, Grégory!... intervient Gricha. Tout cela est très agréable, vous avez raison. Mais on se calme, n'est-ce pas?

— Je n'ai plus aucun doute, poursuit le gracieux brigand, cette île est à moi!

Cette proclamation des droits du marin choque un peu la maîtresse des lieux.

— Vous êtes mes invités, comprenons-nous bien!...

— Oui! continue Dufilou. Comprenez-moi bien, mes amis: j'ai navigué ma vie durant à la recherche d'un ailleurs! Ce paradis... cet éden, je l'ai enfin trouvé! La mer m'y a jeté avec toute la désinvolture de la fatalité!

— Mais... qu'est-ce qui lui prend? s'enquiert Zoé auprès de la comtesse.

— Étant jeune, chuchote Gricha, poésie l'intéressait beaucoup.

— Oui, murmure Nautilus. Il a écrit, un jour, un poème sur la mer: «La mer qu'on voit...»

Il est interrompu par la volubilité du marin poète.

— Oyez ceci, camarades! C'est un serment que je fais devant vous: j'ai trouvé mon oasis et plus rien désormais ne saurait m'inciter à la quitter!

À ces mots, Dufilou semble apercevoir le diable.

— Filons d'ici, vite! hurle-t-il.

Et il court à droite, à gauche, pour enfin se réfugier au fond, près de ses complices.

— Allons, Grégory!... Calmez-vous! conseille fermement Gricha. Ça suffit, Gorsky Vassilievitch!

— Là, Comtesse!... Là! fait Grégoire terrifié. Entre les branches, j'ai cru voir!...

— EDGAR ALLAN!!!

... font en chœur les petits chanteurs à la tête de bois.

En effet, Edgar Allan vient d'apparaître en compagnie de Ben et d'Alexandre qui ploie sous l'énorme charge de fruits. Il en a plein les bras.

— Nom d'un chien!... Je rêve, Assistant?

— Non, Chef Edgar, c'est bien les chacals qu'ils ont échappé aux requins!

— Mais qu'est-ce que c'est que cette salade!? s'écrie Zoé.

— À propos de salade, Madame..., avise le capitaine, j'ai les fruits que vous m'avez demandés!

— Ha! Ce n'est pas le moment, Alexandre! s'exclame Madame.

— C'est comme pour la lessive! bougonne Alex.

L'organisation est regroupée, crispée, figée, immobile. Soudain, la comtesse Gricha s'anime :

— Edgar! Edgar!... Comme je suis heureuse! envoie-t-elle avec une émotion digne de la grande Sarah*.

Et elle s'élance, bras ouverts, vers son pire ennemi.

— Un moment, Comtesse! demande Allan en la stoppant.

Il prend son assistant par le bras et l'attire à l'écart.

---

* Il s'agit de Sarah Bernhardt, une grande actrice qui a marqué son époque. Elle a fini amputée d'une jambe. Les dernières années, elle se faisait écrire des rôles où elle restait couchée durant toute la pièce. À partir de là, ç'a moins bien marché pour elle!

— Qu'est-ce que tu en dis, Ben? On prend le même ton qu'eux, ou quoi?

Ben plonge son regard dans celui de son compagnon et se frotte le menton en réfléchissant.

— Hum!... peut-être que c'est mieux de le prendre le même ton, Chef Edgar, parce que si on leur court derrière sur cette île, on va tourner en rond, que ça finira plus!

— Ta perspicacité et ta logique m'épatent par moments, Assistant!

— Tout le plaisir il est pour moi, Chef Edgar!

— Eh bien! Comtesse, lance soudainement Allan, mon assistant et moi étions en train de nous dire combien ce «bonheur» est réciproque!

Et vlan! dans les gencives!... Le processus de la baliverne flagorneuse est en branle! Et à partir de là, on va s'envoyer des «Ho! ma chère!» et des «Vous m'en direz tant!» à tour de bras. Mais qu'on ne s'y trompe pas, Edgar Allan n'est pas né de la dernière pluie et il ne tique pas pour avoir du tact, même devant le toc!

«Vous ne perdez rien pour attendre! pense le limier. Vous voulez danser?

Alors dansons! Mais gare aux faux pas!»

Les trois de l'organisation s'approchent si souriants qu'on leur donnerait le bon Dieu sans confession. Ben se dirige vers le groupe, spontané et chaleureux.

— Les larmes dans les yeux que je les ai, dis, de vous revoir comme ça, en «bonne et due forme»!

— Il veut sûrement dire «sains et saufs», explique Nautilus.

— Oui, sûrement! acquiesce Dufilou.

Pendant ces retrouvailles démonstratives, Zoé se tient à l'écart, en compagnie d'Alexandre.

— Eh bien! tout me semble s'arranger pour le mieux! dit-elle. Pendant un instant, j'avoue avoir été inquiète.

— Si j'ai bien compris ce qui se passe, récapitule Alex, ils étaient tous dans le même bateau; c'est ça?

— Quelque chose comme ça, Alexandre. Mais... on en est tous là, n'est-ce pas? répond Zoé avec philosophie.

○

«Ô temps, suspends ton vol!» a dit le poète. Eh bien! c'est fait, le temps n'existe plus pour ces joyeux naufragés. Et pourtant! Pourtant, les heures passent! ce qui a pour effet graduel d'embraser l'île d'une clarté de fin d'après-midi. Que de mensonges ont été échangés! Que de belles manières! Que de ronds de jambe ont été exécutés! Ah! si toutes les batailles se faisaient ainsi! Si tous les ennemis mortels s'aimaient autant que ceux-là! que la guerre serait civilisée et de bon aloi*! Tout ça est tellement beau qu'on a peine à croire que ça peut durer!

— Hooooo! Venez voir, Comtesse, la jolie fleur! s'exclame Nautilus, aussi faux qu'un Stradivarius entre les mains d'un «gars de la construction».

— Qu'y a-t-il, Professeur? dit Gricha en le rejoignant.

Julius Nautilus baisse la voix.

---

* P.-S.: Cher Rambo, si tu lis mon livre, souviens-toi que l'orchidée ne se cueille pas à la mitrailleuse. Si tu ne comprends pas, appelle-moi; je t'expliquerai.

— C'était seulement un truc subtil pour pouvoir vous parler, Comtesse. Qu'est-ce que je fais de l'émetteur?

— Ce qui est prévu depuis que nous avons touché terre, Julius, murmure la comtesse. Vous le réparez! Il faut qu'il fonctionne!

Puis elle élève la voix.

— Je crois que c'est une Ophris Scolopax, Professeur, une superbe orchidée!

— J'aime mieux vous dire que ça ne sera pas facile! dit Nautilus à l'oreille de Gricha.

Puis il hausse le ton, lui aussi.

— C'est le chef-d'œuvre de l'évolution végétale!

— Vous y arriverez, Professeur! Vous êtes notre seule chance, Gorsky Vassilievitch!

Puis, plus fort :

— C'est bien mon avis aussi: véritable chef-d'œuvre, Julius!

À cet instant, Ben s'approche d'eux.

— Quand même, je le crois bien que je les préfère les violettes africaines!

— Ah! n'est-ce pas un peu de parti pris, cher petit Ben? demande Gricha toute maniérée.

— Va savoir, Madame Gricha! Va savoir! répond Ben en haussant les épaules.

Tout à coup, Edgar Allan appelle :

— Ben!... Tu peux venir une seconde?

— Vous me le dites pardon, j'en ai pas pour un instant, fait Ben en s'esquivant.

De nouveau seuls, le professeur et Gricha profitent de l'occasion.

— C'est plus belle chance de notre vie de nous débarrasser d'Allan, confie la comtesse. Partir en le laissant ici! Avons rien à voir dans explosion de ce bateau, mais pour nous, cette tragédie est grande providence!

— Il faudrait quand même qu'Allan sache qu'on n'y est pour rien, dans ce naufrage!

— Chut! moins fort!... Essayez donc d'expliquer à ce détective borné qu'il y avait probablement véritables terroristes à bord! Il ne voudra jamais croire ça!

— Quand même! rétorque Julius. Il devrait savoir qu'on n'est pas idiots au point de faire sauter VOLONTAIRE-MENT un bateau sur lequel on est!

— Peu importe ce que pense Allan, Julius. Quoi qu'il en soit, vous devez parvenir à réparer cet émetteur!

— J'y arriverai, Comtesse!... J'y vais de ce pas, et par la barbe de Vasco de Gama, vous parlerez à Igor cette nuit même, ou je ne m'appelle plus Nautilus!

Et le vieux forban déterminé s'éclipse discrètement de la petite réunion.

De leur côté, Allan et Ben, mine de rien, tirent des plans sur la comète.

— C'est notre plus belle chance de les mettre hors d'état de nuire, Assistant; partir en les laissant ici! dit Allan en souriant hypocritement à la comtesse.

— Peut-être, Chef Edgar, mais alors, il faut y aller à la nage, parce qu'on l'a pas encore construit le bateau et qu'elles m'ont pas encore poussé les ailes!

— Ne t'inquiète pas; je te l'ai dit, Ben, ce problème est résolu! Fais-moi confiance.

Et le détective y va d'un sourire vers Zoé qui le regarde.

C'est ainsi que la soirée s'écoule, pleine de grâce et de flegmatiques compliments. On déguste un nectar maison préparé par Alexandre qui, bien que

calme et serein, semble se languir pour
des yeux qui s'obstinent à ne pas le voir.

— Alexandre, mon verre est vide! lance
durement Zoé.

8

Ma cabane aux ananas

La nuit est survenue, et l'obscurité règne dans l'île. À ce propos, constatons qu'autant le jour est lumineux sur cet îlot du Pacifique, autant la nuit est dense et noire. Mais nous ne sommes pas les seuls à relever le phénomène.

— Dis-moi, M'sieur Marin, c'est toujours noir comme ça, ici? demande Ben.

— C'est que la Lune est en quartier! Les nuits de pleine lune sont plus claires. Ça m'empêche même de dormir, parfois.

— Eh bien! on aurait apprécié un peu plus de complicité de sa part, ce soir! dit Allan.

— C'est vrai! Prendre la mer, comme vous vous apprêtez à le faire, est déjà héroïque, mais dans cette noirceur à couper au couteau, ça devient purement épique*!

— Ne vous inquiétez pas pour nous, Alexandre, dit Allan; ça ira.

— Oui, n'empêche, purée de figues sèches, que c'est noir comme dans la caverne d'Ali Baba! précise Ben, préoccupé.

Les trois compagnons s'affairent aux derniers préparatifs d'une odyssée nocturne. Ce voyage sera-t-il la dernière aventure de nos deux casse-cou du droit? Peut-être que non, après tout.

---

* ÉPIQUE: du grec «epikos». Effectivement, ce voyage périlleux les *picosse* un peu! Mais au-delà de cette parenté phonétique, le mot veut dire: éclatant de courage, de bravoure, de grandeur, etc. Tout ça en alexandrins, si c'est possible!

Peut-être que le vieux Nepséidon* sera clément et ne les «*garrochera*» pas sur une autre île pleine de cyclopes ou de bestioles du même genre. Peut-être également que toutes ces histoires de pieuvres géantes aux immenses tentacules à ventouses, de baleines blanches belliqueuses et enragées, de vastes nappes d'huile empoisonnée ne sont que des contes à dormir debout! Et puis pourquoi s'énerver comme ça, quand les héros eux-mêmes sont, ma foi, assez calmes!?

— Tu peux me le dire, M'sieur Marin, pourquoi tu les as cueillis tous ces ananas?

— Heu!... pour que vous ne manquiez pas de vivres!

— Ces fruits sont beaucoup trop lourds, Alex, explique le détective. On ne pourra pas les emporter. Désolé que vous ayez travaillé autant pour les apporter ici.

— Ça ne fait rien; j'avoue que j'ai un peu exagéré!

---

* NEPSÉIDON: Neptune ou Poséidon, au choix.

— Je ne vous le fais pas dire! Il y a de l'ananas d'un mur à l'autre! On ne sait plus où mettre les pieds!

— Bon! alors j'la fais la répatu... la ré-pica... la rétipa...?

— La ré-ca-pi-tu-la-tion, Ben, dit Edgar Allan.

— C'est ça, j'la fais, là! Nous en avons, là, de la noix de coco en morceaux. Là, c'est des fraises équatoriales. Ici, y en a du poisson bouilli...

— Ne t'inquiète pas, Assistant, dit Allan rassurant. Nous n'avons que pour trois jours à tenir!

— Bon! alors je l'ai fabriqué mon harpon pour rien, moi?

— Pas du tout, Ben! On n'est jamais trop prudent quand on sort en mer!

Ce conseil assombrit d'inquiétude le visage du jeune garçon.

— Heu!... T'y es sûr qu'y en a pas d'erreur dans la direction du cap, Chef Edgar?

— Fais-moi confiance, Ben, intervient Alexandre. Je suis marin! J'ai fait mes calculs selon la position des astres et je suis affirmatif: vous êtes à trois jours de la voie maritime des transatlantiques, en conservant le cap à l'ouest, bien sûr!

— Bien sûr! répond Ben sur un ton d'évidence. Mais c'est parce que, moi, les voyages en bateau, j'commence à les comprendre, hein!

Alexandre va dans un coin de la cabane et revient avec deux gros paquets soigneusement ficelés. Il les tend à Ben.

— Tenez, mettez ça avec les provisions. Je l'ai fait cuire moi-même; vous allez vous régaler!

— Ho! merci beaucoup, M'sieur!... dit Ben. Il fallait pas!... C'est trop!... C'est quoi?

— Du perroquet froid*!

Ben fait la grimace.

«Jamais que j'pourrai en manger du perroquet, moi! pense-t-il. Tu te rends compte!? Un oiseau qui parle! C'est comme de le manger quelqu'un! Beurk! Y en a des gens avec des drôles d'idées, ma parole!»

Et le garçon se surprend à penser de nouveau à son ami Colbert. Se reverront-

---

* C'est la réponse à la question du chapitre 4! Il est là, le perroquet!

ils un jour? Ou cette pensée un peu triste est-elle un dernier contact entre les deux amis? Le petit chien noir et blanc devra-t-il trouver un nouveau maître? Se croira-t-il abandonné? Ces questions silencieuses embuent de larmes les yeux de Ben. Colbert, son compagnon des premières heures, sur les talons d'un étranger!... Cette image fait si mal dans la poitrine du petit détective qu'il s'écroule sur un siège et sanglote à chaudes larmes.

Allan et Alex, surpris, s'observent dans la pénombre.

— Ben, mon gars..., qu'est-ce que tu as? s'enquiert le détective avec douceur.

— Houla! houlala...! Chef Edgar, si tu savais! sanglote l'enfant.

Il y a quelque chose de rassurant à voir un héros intrépide pleurer pour un petit beagle noir et blanc. C'est étrange, mais ce tableau nous réconcilie avec un tas de choses plus ou moins belles de la vie! On se dit que tant qu'un enfant pourra verser des larmes pour un petit chien, l'avenir sera plein d'espoir!

— Si tu préfères qu'on annule ce voyage, eh bien! c'est d'accord, Ben, propose Allan.

— Jamais de la vie, Chef Edgar! s'exclame l'assistant avec une fougue renouvelée. Plus que jamais que je veux y retourner chez nous! Et qu'elles y viennent voir un peu, les pieuvres et les baleines blanches! dit-il en brandissant son harpon. Le premier poulpe un peu louche que je l'aperçois, je me le farcis à la sauce tomate, tu vas voir ça!

Le petit garçon redouble désormais de courage. Il suffit souvent de penser à ceux qu'on aime pour retrouver le goût de la vie et l'enthousiasme.

— À la bonne heure, Assistant! proclame Allan. On en a vu bien d'autres, n'est-ce pas, Ben!?

— Y en a pas d'erreur, Chef Edgar! lance le jeune et courageux limier.

— Alors hissons le grand cacatois, matelot!... C'est bien comme ça qu'on le dit, Capitaine?

— Tout à fait, Edgar! On se croirait à bord!... Mais au fait, à bord de quoi!?

Allan sourit largement.

— Venez, dit-il, il est temps que je vous présente notre vaisseau!

— Ah! enfin! laisse tomber Ben.

Edgar Allan les entraîne dans un coin sombre de la cabane et demande à Alex de l'aider à éparpiller tout un fatras de choses plus ou moins utiles, empilées par le capitaine depuis des années.

— Qu'est-ce que vous cherchez, Edgar, dans toutes ces affaires?

— Ceci! dit le détective.

Il montre du doigt un gros paquet plié et ficelé, tout au fond.

— Ça, par exemple! s'exclame Alexandre. Je l'avais oublié!

— Quoi!?... C'est quoi? demande Ben surexcité.

— Notre bateau, Assistant! C'est là-dessus que nous prendrons la mer pour rentrer à la maison!

— Aïe! aïe! aïe! Quelle «castatrophe»! geint l'assistant.

9

Petit à petit, loi aux fesses, on fuit

Dans la petite clairière, sous la pâle clarté lunaire, trois silhouettes familières sont regroupées devant la grotte. Un émetteur-récepteur est déposé sur un tabouret improvisé. Le professeur Nautilus, accroupi devant l'appareil, s'affaire à établir le contact.

— Médé!... Médé!... Vous m'entendez, Igor?... Médé! chuchote-t-il. Ici Nautilus!... Répondez, Igor!... J'appelle hélicoptère!

Mais le poste émetteur ne répond qu'en grésillant lamentablement.

— Continuez, Professeur, commande la comtesse Gricha. Depuis le temps que naufrage a été annoncé, je suis sûre qu'Igor dans hélicoptère est à notre recherche!

Nautilus s'exécute et poursuit ses tentatives.

Pendant ce temps, Grégoire Dufilou s'est éloigné du groupe et baignant son visage dans le reflet blafard du quartier de la Lune, il sent de nouveau monter en lui la voix de sa muse et se met à réciter sur un ton feutré :

— Et quand vient le soir, que les étoiles s'allument une à une, que les rayons lunaires s'immiscent dans le feuillage pour aller argenter l'écume des flots qui viennent mourir sur le sable... et qui n'en finissent plus de mourir sur le sable, alors je sens monter en moi la grâce qui...

— Précisément, Commandant! Faites-nous grâce! supplie Gricha. Le moment est encore bien mal choisi!

— Pardon, Comtesse!... bredouille Dufilou, confus. Ah! dire que nous devons quitter ce paradis! Sans doute le plus beau spectacle que j'aie eu à l'œil, dit le borgne. Je ne m'en remettrai pas!

La comtesse est agacée et n'y tient plus.

— Haaa!... Voulez-vous cesser jérémiades, Gorsky Vassilievitch!... Il n'est pas trop tard, Grégory; vous avez encore le choix et vous pouvez rester! C'est privilège laissé à votre discrétion; vous n'avez qu'à refuser de grimper dans hélicoptère quand Igor se posera!

Le commandant Dufilou se sent un peu acculé au pied du mur. Au fond, pourrait-il se contenter, pendant toutes les années qu'il lui reste à vivre, des inlassables marées de l'océan? de l'éternel flux et reflux des eaux?

Tout bien réfléchi, ce qui est merveilleux, ce n'est pas de posséder des orchidées jusqu'à devenir insensible à leur parfum, puisqu'on s'habitue à tout, mais d'en croiser à l'occasion sur son chemin et de profiter au maximum de leur beauté, au passage!

«Ouais!... se dit Dufilou, un bonheur

trop parfait, ça doit être lassant à la longue*!»

— Bof! Après tout, Comtesse, dit-il, des îles désertes, ce n'est pas ce qui manque, hein!?... Je finirais par vous regretter, c'est sûr! Je repars aussi!

— Je savais bien, confie Gricha, que vous ne nous feriez pas ce coup-là, Grégory!

Nautilus appelle toujours en vain.

— Nautilus appelle Igor! Répondez, hélicoptère!

Puis il se retourne vers son compère, le commandant.

— Vous êtes sûr de vos calculs, Grégoire? La latitude et la longitude que vous m'avez données sont bien exactes?

— Soyez rassuré, Professeur, j'ai le sextant et le compas dans l'œil!

— Ne perdez plus de temps, Professeur, ordonne Gricha Vassilievna. J'ai le sentiment que vous allez y arriver!

Et Nautilus se remet à l'ouvrage.

---

* MORALE: Pour être heureux, mieux vaut vivre intensément l'heure présente, que vivre sans montre sur une île et se demander sans cesse «l'orchidée»!

— Quand je pense qu'Edgar Allan s'imagine que nous avons fait couler ce bateau, alors que nous avons bien failli y passer!

— N'empêche, Commandant, dit la comtesse, que je serais curieuse de savoir ce qui est effectivement arrivé! Étions partis pour suivre détective de malheur pendant croisière et trouver moyen de le faire disparaître et nous nous retrouvons à l'eau avec lui!

— Ouais!... fait Grégoire pensif. Si on n'avait pas réussi à attraper cette caisse qui flottait et à s'éloigner à temps du bateau, c'en était fini de nous trois, comme des autres passagers! Brrr...! J'ai froid dans le dos en y pensant!

— Si Igor finit par nous répondre, ce sera magnifique victoire! Jamais Edgar Allan ne sortira de cette île; aucun signal ne peut être perçu. Les navires croisent trop loin au large.

— Vous avez pensé aux avions, Gricha?

— Non, pas vraiment, mais ils passent trop vite et trop haut!... Enfin, j'espère! dit-elle.

Soudain, encore très lointain et pourtant audible comme le bourdonnement d'un insecte dans le silence, quelque chose ressemble bien au bruit d'un moteur.

— Gorsky Vassilievitch, vous entendez!?... Je crois que c'est Igor! Vite, Julius!

— Allô, Igor!?... Ici Nautilus, répondez!... Organisation appelle hélicoptère!

La radio du professeur émet alors un son différent, et enfin, une voix surgit :

— Ici Igor!... lance un accent russe plus prononcé encore que celui de Gricha. Je capte vous cinq sur cinq, Professeur Nautilitchka*!

— Ça y est, il nous reçoit! se réjouit Julius. Allô, Igor? Heureux de vous entendre, mon garçon! Nous allons tous bien et nous vous installons les balises!

— Allez! plus de temps à perdre, Messieurs; allumons les torches et éclairons aire d'atterrissage! Adieu, Edgar Allan! exulte l'aventurière. Avons été heureux de vous connaître!

---

* Diminutif caressant de «Nautilus»: Igor est un colosse de deux mètres, plein d'affection envers ses complices.

— Ouais! renchérit le marin borgne, avec une joie vile. La veuve et l'orphelin regretteront sûrement leur justicier aux grands principes! lance-t-il en riant méchamment.

Et le ronronnement de l'hélicoptère s'approche de plus en plus distincte-ment.

10

Les voyages forment les Jonas

Si les uns réussissent à prendre l'air, souhaitons que les autres ne prendront pas l'eau!

En effet, Allan, Ben et Alexandre, réunis sur la plage, sont occupés à charger les quelques bagages dans un canot pneumatique, à la lueur dansante d'une torche.

— Comment saviez-vous que j'avais ce canot, Edgar? Moi, je n'en avais plus aucun souvenir!

— Quand vous nous avez trouvés sur la plage et ramenés chez vous, il y a de cela exactement... treize heures, dit Allan en consultant sa Timex*, vous nous avez raconté votre histoire. Vous avez dit avoir dérivé pendant plusieurs jours, puis avoir abordé l'île en «canot»! J'ai aussitôt fait le tour de votre cabane en votre absence et je l'ai trouvé, dégonflé et plié dans son coin.

L'assistant d'Edgar ne peut cacher son admiration.

— T'inquiète pas! dit-il. Quand tu lui parles au chef Edgar, ça lui tombe pas dans «la sourde oreille», va!

Allan pose sa main sur l'épaule de son jeune ami.

— Alex, demande-t-il, croyez-vous que l'embarcation soit assez gonflée?

Alexandre Le Marin tâte le caout-chouc du bout des doigts.

— Aucun doute, les poumons de Ben ont fait du bon travail, Edgar!

---

* Cette île sans nom est désormais baptisée «île aux treize heures»!

— Comme un démon que j'ai soufflé pour le repomper, ce bateau! souligne Ben.

— Bon! tout est prêt, je crois, déclare le détective. Eh bien! mon cher Alexandre, le moment est venu de prendre une décision définitive: vous venez ou vous restez?

Malgré le peu de lumière que le flambeau dégage, on peut voir le trouble qui s'inscrit sur les traits du pauvre homme. Bien sûr, Zoé l'a fortement déçu; mais n'y est-il pas, lui-même, pour quelque chose, en vérité?... Tout individu mérite ce qu'il inspire à autrui: c'est une réalité assez exacte! Peut-il vraiment blâmer la belle de son cœur de le traiter comme un sous-fifre, s'il se comporte comme tel?

— Heu!... eh bien!... qu'est-ce que je... je crois que..., bredouille Le Marin embarrassé.

Il est brusquement interrompu par le bruit d'un moteur.

— Qu'est-ce que c'est que ça? s'exclame Allan, tendu comme un ressort. Nom d'un chien! réalise-t-il. C'est l'hélicoptère d'Igor, c'est certain!

— Qui... qui est Igor? demande Alex.

— Je n'en sais rien: on ne l'a jamais vu. Mais ce qui est vrai, c'est qu'il pilote un hélicoptère pour...

Allan est coupé par l'arrivée alarmée de Zoé sur les lieux.

— Alex!... Alex!... crie-t-elle en approchant.

Puis elle les rejoint, le souffle court et l'angoisse sur le visage.

— Pour l'amour du ciel, Zoé! qu'est-ce que vous avez? demande Alex, inquiet.

— Vous voulez partir, Alexandre! Je le sais! affirme-t-elle. Pourquoi!?... Pourquoi voulez-vous m'abandonner? implore-t-elle. Nous avons un rêve à partager!

Edgar et Ben échangent un regard entendu et pianotent d'impatience du bout des doigts.

— Je vous en conjure, mon Alex, restons ici! Mes trois naufragés viennent de filer comme des voleurs dans un hélicoptère; les deux vôtres s'apprêtent à s'embarquer...

Alors, comme une monstrueuse libellule bruyante dans la nuit, l'appareil d'Igor vient exécuter un passage habile au-dessus d'eux.

— Nom d'un chien de nom d'un chien! Ils m'échappent encore!

Et malgré le ronflement de la grande hélice et le souffle du vent qui vient du large, on entend une voix de femme qu'Allan et Ben reconnaîtraient entre mille.

— Bonne chance, Edgar Allan!

L'appareil s'éloigne sur un rire froid et sardonique qui s'estompe au-dessus de la mer. Le détective piétine de rage.

— Revenez!... J'ai dit: revenez ici, nom d'un chien!

Ben regarde son chef, un peu éberlué et sceptique.

— Franchement, Chef Edgar!... Quand même...!

— Bon! fait Allan choqué et expéditif. Alors?... Qu'est-ce que vous faites? On a assez perdu de temps comme ça!

Alexandre Le Marin, hésitant, tourne la tête vers Zoé, puis vers Allan.

— Heu!... Edgar... Je...

Zoé se fait alors pressante et câline.

— Restez, Alexandre... Restez, «mon Robinson»!

«Aïe! aïe! aïe! Encore la «castatrophe»! pense Ben.

Et enfin, comme c'était à prévoir, Alexandre Le Marin ouvre les bras pour y accueillir Zoé qui vient s'y blottir.

— Roméo a sa Juliette; Abélard, son Héloïse; Lancelot, sa Guenièvre; Pâris, son Hélène; moi, j'ai ma Zoé, Edgar! déclare le capitaine fataliste.

— Et Popeye, il a son Olive! complète Ben.

— C'est ça! Et ma petite sœur a son hamster! dit Allan pour ne pas être en reste. C'est parfait! Il n'y a rien à redire! Merci infiniment... pour tout! Vous avez été charmants, vraiment, et...

— Et souvenez-vous, l'interrompt l'assistant, que le vieux proverbe il a dit:...

— Hé! ho! moussaillon, tu es libre? envoie le détective.

Le jeune Ben se dresse vers son compagnon.

— À tes ordres, Capitaine Edgar!

— Alors suivons cet hélicoptère! ordonne Allan.

Les deux amis poussent, à l'unisson, leur canot à l'eau et sautent à bord. Alexandre et Zoé, dans ses bras, regardent s'éloigner la petite embarcation qui s'enfonce dans la nuit.

— N'oubliez pas, Edgar, la route des transatlantiques est à trois jours, cap à l'ouest!

Mais déjà, ces dernières paroles se heurtent au vent et se brisent avant d'atteindre les oreilles des aventuriers. Les voix d'Allan et de Ben, au contraire, sont portées par le souffle de l'océan et parviennent encore jusqu'à la rive.

— Mais non!... De l'autre côté, Assistant!... Au bout du canot!... Mais non! hurle le détective. Attention à ton harpon, tu vas crever le canot!

— Passe-la-moi, la rame, Chef Edgar!... Attention!... On va tomber!... Les requins!

— Mais cesse de gigoter comme ça!... Il n'y a pas de requins; ils dorment, nom d'un chien!

— Il faut que je la retrouve la rame!... Aïe! aïe! aïe!

Et les exclamations des deux marins d'occasion se perdent enfin dans le mugissement du Pacifique.

Alex et Zoé, enlacés sur la plage, agitent leurs mains sous le filtre bleuté de la lune. Comme les aborigènes des îles saluaient le départ du «Bounty», les deux